Collection "Patrie"

JEAN PETITHUGUENIN

LA VICTOIRE DE L'ARMÉE GOURAUD

40 c.
Le récit complet illustré.

LA VICTOIRE DE L'ARMÉE GOURAUD

I

La compagnie était rassemblée derrière les ruines d'une petite église de village; les soldats attendaient, l'arme au pied.

Bernier, un grand gaillard, maigre, au visage osseux, tourna la tête vers son voisin, le caporal Marjoleux.

— Qu'est-ce qu'on nous veut? murmura-t-il.

Un groupe d'officiers, capitaine et lieutenants, contournaient précisément les ruines de l'église. L'adjudant, qui venait de faire l'appel de la compagnie, marcha au-devant d'eux.

— Je crois que c'est pour nous lire un ordre du général, répondit Marjoleux, de Gouraud.

— Ah! à propos sans doute de la prochaine offensive boche... Paraît que ça ne tardera guère.

— C'est peut-être pour demain, peut-être pour aujourd'hui.

— Si c'est comme les autres fois, on trinquera encore sérieusement.

— Sûr que l'attaque sera rude, repartit Marjoleux. Les Boches veulent en finir avant l'arrivée des Américains : ils reprendront la ruée sur Paris. Ils ont échoué le mois dernier devant Compiègne; ils essaieront cette fois-ci de nous enfoncer entre Reims et Châlons. Mais ils tomberont sur un beau bec de gaz : tout est prévu.

— Je le crois aussi, dit Bernier. Pour un homme qui n'a qu'un bras, tout le monde sait que notre Gouraud n'est quand même pas manchot.

— Garde à vous! commanda l'adjudant.

Les soldats, rangés sur deux lignes, rectifièrent la position, tandis que leur capitaine, un papier à la main, s'avançait, suivi de ses lieutenants.

Le chef de la compagnie s'arrêta et, se mettant lui-même au garde-à-vous, promena un regard ému et fier sur sa troupe.

— Je vais, annonça-t-il, vous lire l'ordre du jour du général Gouraud, commandant la quatrième armée.

Il prit un temps, leva le papier et lut d'une voix forte :

« Aux soldats français et américains de la 4e armée.

« Nous pouvons être attaqués d'un moment à l'autre. Vous sentez tous que jamais une bataille défensive n'aura été engagée dans des conditions plus favorables. Nous sommes prévenus et nous sommes sur nos gardes. Nous sommes puissamment renforcés en infanterie et en artillerie.

« Vous combattrez sur le terrain que vous avez transformé, par votre travail et votre opiniâtreté, en une forteresse redoutable. Cette forteresse sera invincible si tous les passages en sont bien gardés.

Le bombardement sera terrible. Vous le supporterez sans faiblir. L'assaut sera rude, dans un nuage de fumée, de poussière et de gaz, mais votre position et votre armement sont formidables.

« Dans vos poitrines battent des cœurs braves et forts d'hommes libres.

« Personne ne regardera en arrière. Personne ne reculera d'un pas. Chacun n'aura qu'une pensée : en tuer beaucoup, jusqu'à ce qu'ils en aient assez.

« C'est pourquoi votre général vous dit : Cet assaut, vous le briserez, et ce sera un beau jour.

« *Signé :* GOURAUD. »

La lecture de cet ordre du jour était accompagnée par le bruit intermittent de la canonnade, et les paroles, qui semblaient portées par ce grondement guerrier, en acquéraient un accent plus grave, plus solennel. Dans leur vérité simple, elles produisaient sur les hommes une impression plus profonde que des proclamations théâtrales au style ampoulé, et leur inspiraient l'héroïsme avec la foi dans la victoire.

Le capitaine Clinchant toussa pour maîtriser l'émotion qui lui serrait la gorge.

— Mes amis, dit-il, c'est aujourd'hui le 7 juillet. Nous pouvons être attaqués le 9 ou le 10, voire même demain, lundi. Les Allemands sont prêts, nous le savons, et l'exemple de leurs précédentes offensives nous enseigne qu'ils sont décidés à pousser à fond. Mais, comme notre général le proclame, nous ne serons pas surpris, cette fois. Les meilleures dispositions ont été arrêtées; l'échec de l'ennemi est certain si chacun sait faire son devoir. Il est nécessaire qu'une partie d'entre nous accepte la mission redoutable et l'honneur de défendre nos postes avancés, afin de briser le premier élan de nos adversaires. Dans ces postes, la résistance devra être soutenue jusqu'à la dernière limite des forces humaines. Même cernés, coupés de toute communication avec les nôtres, nous devrons continuer à nous défendre, car nous retarderons ainsi la marche de l'ennemi, nous l'empêcherons de faire avancer ses renforts et nous donnerons au contraire à nos camarades le temps de prendre leurs dispositions pour recevoir l'assaut.

« Y a-t-il parmi vous des volontaires pour se charger d'une telle mission? Il est entendu qu'en l'acceptant nous devons faire le sacrifice de notre vie. Bien peu auront la chance d'en revenir.

« Que les volontaires fassent un pas en avant!

Sur les cent cinquante hommes environ qui étaient rassemblés là, une centaine s'avancèrent d'un même mouvement dès les derniers mots du capitaine. Les autres, qui avaient hésité, entraînés par l'exemple de leurs camarades, s'avancèrent à leur tour, de sorte que toute la compagnie se trouva de nouveau rangée sur deux lignes, comme si personne n'avait bougé.

Le capitaine Clinchant, levant haut la tête, les larmes aux yeux, considérait ses soldats.

— C'est bien, dit-il. Tous volontaires... J'avais raison d'avoir confiance en vous. Je suis fier de commander à de tels hommes.

Par le chemin bordé de décombres que les monts de Champagne dérobaient à la vue de l'ennemi, le général Gouraud en personne s'en venait justement, entouré d'officiers.

Devant sa compagnie rangée, devant ses hommes, immobilisés dans une attitude de respect et d'admiration, le capitaine Clinchant salua de son sabre.

Le général passait, et sa manche droite vide, ornée de trois étoiles, flottait sur sa hanche. Il tourna la tête. Ses yeux clairs d'azur pâle fixèrent quelques secondes, avec une douceur étrange et fascinatrice, le chef et sa troupe. Il rendit le salut de la main gauche brusquement levée. Il haussait le menton; sa barbe fauve allongeait son visage; ses moustaches, aux pointes hardies, masquaient à demi sa bouche et ses mâchoires robustes. Il respirait à la fois la bonté et l'énergie.

Chacun, rien qu'à le voir passer ainsi, froid, silencieux, distant, se sentait comme enveloppé par le regard puissant de ce conducteur d'hommes et la volonté supérieure qui en émanait.

Ces soldats qui, gagnés par l'héroïsme de leur capitaine, venaient de faire si simplement le sacrifice de leur vie, rendaient dans leur cœur un hommage muet au général qui exigeait d'eux une telle abnégation pour le salut de la patrie. Ils avaient confiance, ils étaient sûrs que leur sacrifice ne serait pas inutile.

Déjà il s'éloignait, le maître de leurs destinées. Son visage était demeuré impassible, sa démarche aussi calme et presque raide, mais, malgré cette attitude en apparence si froide, son âme avait communié un instant avec celle des humbles combattants qui l'avaient regardé passer.

—*—

II

Allons-y, murmura le caporal Marjoleux à l'oreille de Bernier.

Il était onze heures du soir. Bien que le ciel fût limpide et constellé, il faisait très sombre, car la lune ne donnait pas. De la crête du Cornillet à l'extrémité ouest du massif de Moronvilliers, où ils se trouvaient à cet instant, Marjoleux et Bernier distinguaient confusément les masses sombres des bouquets d'arbres et des villages en ruines au nord.

Ils étaient blottis dans un trou irrégulier, dernier vestige d'un élément de tranchée qui avait subi tour à tour le feu de l'artillerie allemande et celui des canons français.

On était au 13 juillet; l'attaque attendue ne s'était pas encore déclenchée, l'ennemi n'ayant sans doute pas entièrement achevé ses préparatifs. Mais on était sûr que cela ne tarderait plus. Dès le 10, notre service de renseignements pouvait affirmer que l'offensive allemande serait engagée le 14 ou le 15. Afin de mieux connaître les intentions de l'adversaire, l'état-major faisait exécuter par des détachements de volontaires des coups de main dans les lignes ennemies. Il s'agissait de ramener des prisonniers, de pénétrer, si possible, jusqu'à un poste d'officiers pour s'emparer des papiers, des ordres de marche, des instructions.

C'est un de ces coups de main que Bernier et Marjoleux s'étaient chargés d'exécuter cette nuit-là.

Depuis quelques jours, l'artillerie allemande, qui avait montré jusqu'alors peu d'activité, une espèce de somnolence trompeuse, avait augmenté l'intensité de son feu. Elle procédait discrètement à des réglages de tir.

Le front demeurait apparemment immobile, mais les avions signalaient les indices de mouvements de troupe sur les routes de l'arrière, des voitures, de petits groupes d'hommes descendant vers le sud.

Comme Marjoleux se hissait déjà avec précaution hors du trou, Bernier dit :

— Allons!

Et il rampa lui-même au bord du fossé.

Les deux hommes ne s'étaient pas encombrés d'un attirail inutile. Leur fusil, leur baïonnette, leur couteau de tranchée, quelques cartouches, c'était tout.

— C'est par là! chuchota le caporal, en tendant la main dans les ténèbres. Mais il fait si noir, je me demande si nous réussirons à trouver la place exacte.

— Moi, déclara Bernier, je l'ai bien repérée. Tu vois cette ligne sombre qui ressemble à un piquet : c'est un arbre qui a été décapité par un obus. Eh bien, le petit poste boche est juste dans cette direction, à vingt mètres au delà.

— C'est bien ce que je pensais, repartit Marjoleux; seulement nous ne pouvons pas aller tout droit, car il y a sur la gauche un guetteur qui nous apercevrait fatalement : nous serions mitraillés et transformés en écumoires.

— Le plus sûr, reprit tout bas Bernier, serait peut-être de régler d'abord le compte du guetteur.

Facile à dire! Mais comment faire?

— Rampons vers la gauche, en suivant ce creux qui a été autrefois une tranchée. Quand nous aurons fait cinquante mètres, nous trouverons une dépression par laquelle nous pourrons descendre vers l'abri du guetteur.

Ils ne progressèrent plus qu'avec une extrême lenteur (p. 5).

— Tu as raison, dit Marjoleux, j'ai remarqué ce passage. Le jour, il serait impossible de s'y risquer sans être vu; mais, par une nuit comme celle-ci, l'obscurité doit y être si épaisse que nous avons toutes les chances d'échapper à la vigilance du Boche. Il faudra naturellement ramper comme des couleuvres, nous tenir aplatis contre le sol et ne pas même lever la tête. Ce sera fatigant et nous n'irons pas vite. Mais nous avons le temps : il suffit que nous soyons rentrés avant l'aube.

Le caporal gagna en se traînant le creux dont Bernier avait parlé et, suivi de son camarade, se dirigea à quatre pattes vers la dépression qui descendait sur le flanc de la colline jusqu'au poste du guetteur allemand.

Au début, les deux hommes avancèrent relativement vite; mais, quand ils abandonnèrent l'ancienne tranchée pour se glisser presque à découvert du côté de leur ennemi, ils furent obligés de redoubler de précautions et ne progressèrent plus qu'avec une extrême lenteur. Leurs corps se confondaient dans l'ombre avec la terre. Mais un seul mouvement trop brusque eût révélé leur présence à des yeux attentifs et exercés, de même que le plus léger bruit les aurait trahis. Aussi ne se traînaient-ils que pouce par pouce, au prix d'efforts épuisants.

Il leur fallut ainsi une bonne heure pour parcourir une centaine de mètres.

Enfin ils réussirent à contourner le poste du guetteur, qui se trouvait relié par un boyau à la tranchée boche, distante de quarante à cinquante pas.

L'instant critique était arrivé. Il s'agissait de surprendre le Boche et de se débarrasser de lui.

Marjoleux était au bord du boyau; il se glissa encore un peu pour se coucher en travers du fossé, puis, s'arc-boutant des deux côtés, se coula avec précaution entre les parois de terre.

Il était séparé du guetteur par un détour du boyau, mais il n'avait pu éviter de faire quelque bruit. Le Boche avait sans doute entendu le frottement de son corps, car il demanda à mi-voix :

— *Wer da? Bist du es, Schmidt?* (Qui est là? Est-ce toi, Schmidt?)

Marjoleux frémit et connut pour un instant le sentiment de la peur. Si l'Allemand avait le temps de donner l'alarme, les deux Français étaient perdus.

Le caporal tenait de la main gauche une petite lanterne électrique et, le doigt posé sur le bouton, était prêt à faire briller la lumière. Il déposa son fusil, trop encombrant pour le combat qu'il avait à livrer, et s'avança, armé de son couteau de tranchée.

— *Wer da?* répéta plus fort la voix de l'Allemand.

Il y avait, cette fois, dans la question un accent d'inquiétude et de défiance.

Marjoleux ne laissa pas à son ennemi le loisir de la réflexion. Il atteignait déjà l'entrée du poste de guet, une espèce de terrier. Il fit briller sa lanterne, dardant le rayon de lumière en plein visage du Boche, invisible jusque-là dans les ténèbres. Il aperçut la face éblouie de l'homme étonné.

L'Allemand avait un revolver au poing. Soupçonnant un danger, il se tenait sur la défensive. Mais il eut un instant d'hésitation qui le perdit. Ce visiteur nocturne, dont il ne distinguait pas les traits à cause du rayon qui l'aveuglait, ne pouvait-il être un officier allemand en train de faire sa ronde aux avant-postes, et qui avait négligé le signal convenu pour se faire reconnaître?

Tandis qu'il s'interrogeait de la sorte, le Boche vit surgir dans le cercle de lumière un bras armé d'un couteau. Il ouvrit la bouche pour crier, mais ne put proférer qu'un râle sourd aussitôt étouffé, car la lame lui déchirait la chair, pénétrait profondément dans sa gorge.

Il s'affaissa. Marjoleux l'empoigna vigoureusement par son ceinturon pour l'empêcher de faire trop de bruit en tombant.

Le caporal français, penché sur le corps de son ennemi, le considérait, non sans horreur. Certes, il avait déjà tué ou blessé des ennemis, mais il ne lui était jamais arrivé de frapper ainsi un homme par surprise, de l'égorger comme une bête nuisible.

Il arracha son couteau, qui était resté dans la plaie, et éteignit brusquement sa lanterne en entendant du bruit derrière lui.

— N'aie pas peur, c'est moi, chuchota dans les ténèbres la voix de Bernier.

— Le plus dur est fait, dit Marjoleux en faisant effort pour maîtriser son émotion. Maintenant, nous pouvons sans grand danger poursuivre notre expédition.

La ligne allemande était protégée par un réseau de fils de fer barbelés. Mais l'artillerie française avait frayé maints passages au travers. C'est ainsi que Marjoleux et Bernier avaient pu se faufiler jusqu'à leur victime.

Ils hésitèrent un moment sur la conduite à suivre, puis décidèrent que le parti le plus simple et le moins dangereux était d'essayer de gagner le poste de l'officier par les boyaux allemands.

Leur expédition aurait pu très mal finir pour eux. Ils risquaient de rencontrer une patrouille ou de se perdre dans le dédale des boyaux et des tranchées.

Une belle émulation d'héroïsme s'était développée alors à l'armée Gouraud. Grâce à une vigilance incessante, le haut commandement était tenu au courant, pour ainsi dire heure par heure, des intentions de l'armée allemande.

En dépit des difficultés de leur tâche, les deux camarades parvinrent au poste d'officier qu'on leur avait désigné et y surprirent un lieutenant qu'ils ramenèrent dans les lignes françaises.

Les papiers qu'on trouva sur le prisonnier, les réponses qu'on lui arracha confirmèrent les renseignements recueillis les jours précédents.

Malgré leur mérite, Marjoleux et Bernier ne procurèrent pourtant pas à l'état-major l'indication décisive qui devait nous permettre de briser l'élan de l'ennemi dès les premières heures de l'offensive. Cet honneur allait échoir au lieutenant Balestier qui, avec le sergent Lejeune, les caporaux Hoquet et Gourmelon, et le soldat Aumasson, exécuta, le soir du 14 juillet, à cinq cents mètres dans les lignes allemandes du front de Champagne, le coup de main grâce auquel le général Gouraud connut l'heure exacte de l'attaque ennemie.

On savait donc, le soir du 14 juillet, que la préparation d'artillerie allemande commencerait à minuit dix, et que l'infanterie sortirait à quatre heures quinze de ses tranchées, à l'abri du barrage roulant.

III

Vrai, mon vieux Marjoleux, déclara le soldat Tassemain, je suis content de me trouver là avec toi. C'est vrai qu'on a le cafard quand on rentre de perme, mais je me serais reproché de ne pas être avec les copains pour le grand coup de torchon. Alors, c'est pour ce soir?

— Oui, on vient de nous l'annoncer. Et, tu vois, nous prenons nos positions en enfants perdus.

Une section dont Marjoleux faisait partie avec Bernier et Tassemain achevait de s'organiser dans un petit blockhaus situé à contrepente sur le flanc des monts de Champagne et abrité par la crête contre les coups de l'artillerie ennemie.

Ce fortin était armé d'une demi-douzaine de mitrailleuses. Il devait, avec une série d'ouvrages du même genre, aménagés en arrière des petits postes avancés, couper le flot des assaillants, le diviser, lui ôter sa puissance avec sa cohésion.

Il le considérait non sans horreur (p. 6).

L'ennemi croyait avoir en face de lui une ligne continue de tranchées. Il se préparait à l'écraser sous une avalanche d'obus.

Sûr de la victoire, l'état-major allemand avait prévu les étapes des bataillons d'assaut. Notre première ligne devait être rapidement enlevée, grâce aux destructions opérées par l'artillerie : nous subirions des pertes énormes en tués, blessés et en prisonniers; un matériel de tranchée considérable tomberait aux mains de nos adversaires. Alors ceux-ci n'auraient plus qu'à foncer droit devant eux, poursuivant les débris de notre armée. Nos soldats trop démoralisés pour s'accrocher à une autre ligne de défense, n'opposeraient pas à l'agresseur de résistance sérieuse. On marcherait sur Châlons, tandis qu'à l'ouest de Reims on passerait la Marne et on se saisirait des routes d'Epernay. Reims, la cité dévastée, amas de ruines, bastion sublime et tragique, serait encerclé; sa chute, assurée.

Maîtres de la ligne de la Marne, les Allemands reprendraient la marche concentrique sur Paris, par les vallées des tributaires de la Seine, routes séculaires des invasions.

Le grand rêve des Germains allait se réaliser : la France serait abattue avant que l'Amérique eût développé son effort et mis au service de son alliée toutes les ressources de sa formidable puissance.

Le kaiser était là, devant Reims, pour assister à cet assaut final. Il se grisait par avance de son triomphe escompté. Ses précédents déboires ne l'avaient pas instruit : il n'avait pas encore mesuré la force de la France, l'héroïsme de ses enfants, le génie de ses généraux.

Il méconnaissait Gouraud; il ignorait que ce chef prudent et habile avait pris, pour répondre à l'offensive qui se préparait, des dispositions grâce auxquelles l'effort allemand porterait dans le vide.

Le haut commandement des armées impériales, poussé par la nécessité de terminer la guerre rapidement, allait jeter sans compter ses troupes dans le creuset ardent de la bataille; il risquait le tout pour le tout afin d'obtenir la décision.

Une préparation toute spéciale avait été imposée aux « stosstruppen », c'est-à-dire aux troupes d'assaut, une préparation méticuleuse, un entraînement sévère, qui devaient croyait-on, les rendre irrésistibles.

Il faut d'ailleurs reconnaître que ces soldats d'élite de l'armée allemande remplirent vaillamment leur mission. Ils se sacrifièrent dans l'espoir de donner la victoire à leur pays.

Mais, au fur et à mesure qu'ils tombaient sur les champs de bataille sans avoir réussi à briser la résistance des héros qui leur étaient opposés, l'armée allemande perdait avec eux le meilleur de sa force; quand Foch allait déclencher sa terrible contre-offensive, l'état-major germanique, n'ayant plus sous la main les précieuses réserves qu'il avait gaspillées, ne trouverait pas les ressources nécessaires pour enrayer le retour triomphant des Alliés.

Les grands chefs français n'avaient pas eu recours à ces méthodes qui auraient eu pour conséquence de les priver rapidement de l'élite de leurs armées. Ils ne réclamaient de leurs soldats que l'effort dont la moyenne d'entre eux étaient capables. Ainsi le nombre pouvait diminuer après des combats meurtriers, mais la qualité demeurait la même, contrairement à ce qui se passait chez nos adversaires.

Le général Gouraud avait délibérément évacué la première ligne des positions françaises sur tout le front de son armée, et abandonné une bande de territoire de deux à trois kilomètres pour reporter ses moyens de défense sur une ligne qui ne risquerait pas d'être écrasée par les canons ennemis. Ce plan comportait des sacrifices pénibles, comme par exemple celui du fameux massif de Moronvilliers, dont la reprise en avril et mai 1917 nous avait coûté de si grands efforts (1). Mais Gouraud partait de ce principe, qui a toujours été celui des vrais stratèges, que le terrain ne compte pas à la guerre, qu'une seule chose importe, détruire l'armée de l'adversaire, et, comme il le proclamait dans son ordre du jour du 7 juillet, en parlant des Allemands : en tuer beaucoup jusqu'à ce qu'ils en aient assez.

Pour en tuer beaucoup en imposant à sa propre armée les moindres pertes, le général Gouraud avait choisi entre les vaillants quelques poignées de héros qu'il avait jetés en avant de sa principale ligne de résistance.

Répartis par petits groupes et pourvus de mitrailleuses, ces braves avaient la mission importante de surveiller l'ennemi et d'annoncer le moment précis où l'attaque se déclencherait. Eux seuls restaient soumis à la fureur du bombardement. Ils devaient se laisser submerger, se défendre jusqu'au dernier souffle, et mourir en beauté.

(1) *L'Epopée de Moronvilliers*, N° 71 de la « Collection Patrie ». — F. Rouff, édit., Paris.

En arrière de ces postes avancés qui jalonnaient notre ancienne première ligne et persuadaient à l'ennemi qu'elle était encore occupée, s'étendait une zone déserte que les vagues allemandes ne pourraient traverser qu'en s'exposant à nos tirs de barrage. Ainsi l'ennemi serait déjà cruellement éprouvé quand il aborderait les véritables réduits de la défense, fortins solidement armés, protégés par de larges réseaux de fils de fer.

Enfin, derrière ces réduits, il y avait encore une ligne de résistance, la vraie, que l'artillerie allemande n'aurait pas même entamée.

L'aigle germanique, qui prenait de nouveau son essor pour la conquête, allait se briser les ailes contre la muraille si habilement dressée devant elle. Elle serait frappée d'une blessure dont elle ne se remettrait jamais.

II

Le 14 juillet, dès son retour de permission, quand il avait appris ce qui se préparait, Tassemain avait tenu à rejoindre sa section, entièrement composée de volontaires, qui avaient reçu mission d'occuper un blockaus sur les monts de Champagne. Il était onze heures du soir, et on savait que les Allemands commenceraient leur préparation d'artillerie à minuit dix.

C'était une attente énervante que celle de ce bombardement; les plus braves ne pouvaient se défendre d'une certaine appréhension. Les hommes essayaient de tromper leur anxiété en bavardant à mi-voix.

Bien qu'ils eussent accepté sans hésiter le sacrifice qu'on leur avait demandé, et fussent avertis qu'ils avaient peu de chance de survivre à cette bataille, ils espéraient quand même : ils comptaient sur un miracle de leur héroïsme, sur une victoire telle que les Allemands épouvantés reflueraient en désordre vers leurs tranchées.

— J'y laisserai peut-être ma peau, disait Tassemain, mais pour l'avoir il faudra que les Boches y mettent le prix. Vois-tu, Marjoleux, jusqu'ici je me suis battu parce qu'il le fallait, sans trop savoir pourquoi. Je me disais que c'était mon devoir, voilà tout. Mais, à présent, je sais pourquoi je me bats. Je les hais les Boches, et je voudrais pouvoir leur rendre tout le mal qu'ils nous ont fait...

« Quand je suis parti pour ma perme, j'ai traversé Reims; je ne l'avais pas vu depuis la guerre. Eh bien, c'est affreux ce que les Boches en ont fait; tout est en ruines, il n'y a pas une maison sur dix qui soit encore habitable. La cathédrale est toujours debout, mais elle n'est plus que le cadavre d'elle-même; ses voûtes sont effondrées, ses statues brisées; sa dentelle de pierres s'effrite, ses murs sont calcinés par l'incendie, mordus par la poudre et le fer. J'ai vu comme nous tous bien des villages rasés par les bombardements, jamais je n'ai éprouvé une telle impression d'horreur ni une aussi violente indignation.

— Moi, dit Bernier, c'est quand j'ai vu les arbres fruitiers coupés que ça m'a mis en rage.

— Et à Panam, demanda Marjoleux, qu'est-ce qu'on pense de tout ça?

— Dame! on est inquiet, répliqua Tassemain, ça se comprend : les Boches ne sont plus très loin de Paris, et il suffirait d'une mauvaise affaire, comme celle du mois de mars par exemple, pour les amener aux portes de la capitale. Et puis là-bas on s'en fait à cause des gothas et des berthas, les berthas surtout. On raconte que nos aviateurs ont découvert trente emplacements de berthas derrière les lignes boches, des épis, comme on met sur les journaux, et on s'attend à un marmitage colossal. Pour moi, on exagère, et en tout cas ça ne sera jamais un bombardement comme ceux de Reims ou seulement de Dunkerque ou de Nancy. Mais c'est tout de même de la barbarie pure de tirer à l'aveuglette sur une ville comme Paris à quatre-vingts ou cent kilomètres de distance, pour le plaisir de démolir des maisons, de tuer des civils, des femmes, des enfants.

— Moi aussi, je trouve ça révoltant, dit Bernier.

— Les Boches sont idiots! déclara sentencieusement le caporal. Ils se figurent nous faire peur et ils réussissent simplement à nous rendre plus acharnés.

— Ils nous auront fait beaucoup de mal, reprit Tassemain, mais ça ne durera plus longtemps. Si nous tenons le coup encore cette fois-ci, les Boches sont perdus. C'est fini de rire pour eux, ils le savent bien. Les Américains arrivent : à ce qu'il paraît qu'ils sont en train de former trois grandes armées qui vont bientôt prendre leur place sur le front.

Tandis qu'ils devisaient ainsi, les trois camarades sentaient approcher l'heure où les Allemands déclencheraient leur préparation d'artillerie et peu à peu la conversation devenait moins nourrie, de longs silences coupaient les répliques. Chacun était préoccupé de ses propres réflexions, songeait aux êtres chers qui attendaient là-bas le retour du soldat.

Etait-ce bien d'aller ainsi volontairement à une mort presque certaine quand on risquait de plonger une famille dans le désespoir? Avait-on le droit de disposer de soi-même quand à sa propre destinée d'autres étaient étroitement liées?

Ces volontaires s'étaient offerts en sacrifice dans un élan d'enthousiasme. A présent, oppressés par les ténèbres et l'attente angoissante du danger, ils réfléchissaient, ils souffraient leur passion.

Cruelle épreuve réservée aux héros et dont ils triomphaient tous!

Oui, leur conscience leur disait qu'ils avaient accepté la plus noble mission et que le plus grand devoir, le seul auquel ils eussent à obéir ce jour-là, était de sauver la France.

Quel est donc l'homme assez abandonné de ses semblables pour n'avoir point ici-bas une mère, une épouse, un être qui ne connaîtra

Le lieutenant Balestier, le sergent Lejeune, les caporaux Hoquet et Gourmelon, le soldat Aumasson, grâce auxquels le général Gouraud connut l'heure exacte de l'attaque ennemie (p. 7).

plus jamais le bonheur si l'on vient à lui manquer, et depuis quand, s'il vous plaît, la bravoure est-elle seulement l'apanage de ceux qui ne sont aimés de personne?

La nuit était étrangement silencieuse. La même pensée venait à l'esprit de tous : c'est le calme avant la tempête!

Soudain le canon gronda, des lueurs fulgurantes illuminèrent le ciel et ce fut un tonnerre ininterrompu, d'une violence inouïe.

— Mais, exclama Tassemain surpris, on dirait que c'est notre artillerie qui mène la danse!

Sa voix s'entendait à peine dans le fracas de la canonnade.

— Oui, vraiment, c'est nous qui ouvrons le feu, dit Marjoleux.

Bernier consultait sa montre aux aiguilles phosphorescentes. Il observa :

— Onze heures et demie! Nous sommes en avance de quarante minutes sur l'heure fixée pour le déclenchement de la préparation boche.

— Ça c'est fameux! déclara Tassemain. Les Boches se sont juré de nous exterminer en nous marmitant copieusement avant de donner l'assaut, et c'est nous qui leur servons la pâtée. Peut-être que ça va les retarder ou même leur ôter l'envie de nous attaquer.

— Il faudrait que leur état-major donne contre-ordre, observa Marjoleux, et il est trop tard.

— En tout cas, dit Bernier, on leur passe quelque chose. Si leurs troupes d'assaut sont rassemblées dans les tranchées de première ligne, elles seront déjà fortement diminuées quand elles partiront à l'attaque.

Pendant quarante minutes, les canons français tonnèrent sur toute la ligne du front, de Reims à Massiges, sans que l'artillerie allemande essayât de riposter sérieusement. Des batteries qui n'avaient encore jamais révélé leur présence se démasquèrent ce soir-là.

L'ennemi fut complètement surpris et déconcerté par cette contre-préparation d'artillerie qui prévenait même sa propre canonnade. Les bataillons d'assaut subissaient des pertes terribles avant le déclenchement de l'offensive; les troupes et les convois ne circulaient plus qu'avec de très grandes difficultés sur les routes de l'arrière, battues par nos obus; les principaux boyaux qui conduisaient aux tranchées de première ligne avaient été soigneusement repérés et subissaient un bombardement intense. Une confusion, qui allait en certains points jusqu'au désarroi, régnait dans le camp de l'adversaire. Déjà la confiance était ébranlée, le mot de trahison venait sur les lèvres des soldats allemands : ils ne pouvaient s'expliquer autrement ce prodigieux déploiement de l'artillerie française qui bouleversait leurs préparatifs.

Mais, comme Marjoleux l'avait fait observer, on ne modifie pas en un moment ni en quelques heures un plan aussi mûrement étudié que celui de la ruée allemande sur Châlons, préparé avec tant de minutie et une telle confiance dans la victoire. Si le kaiser et Ludendorff furent avertis à ce moment-là et s'ils pressentirent l'échec de leur entreprise, il ne leur fut pas possible d'en suspendre l'exécution. La machine était en mouvement. Le « Seigneur de la guerre » et ses satellites n'avaient plus qu'à attendre la décision de la fortune, en murmurant : « Alea jacta est! » Les dés étaient jetés!

L'espoir de Ludendorff était immense. Il comptait, après avoir enveloppé Reims et le massif boisé au sud d'Epernay, cerner les deux armées françaises de Gouraud et de Berthelot. Pour forcer la victoire, il engageait dès le début plus de quarante divisions.

Grisé par ses précédents succès, il méconnaissait entièrement la valeur de ses adversaires, et l'opération qu'il concevait prenait une envergure telle que les meilleures troupes de l'armée allemande ne suffiraient plus pour l'exécuter : l'attaque de Picardie, l'offensive de l'Aisne, la ruée sur Compiègne, n'avaient guère embrassé qu'un front de quatre-vingts kilomètres. Cette fois, le front des deux armées de von Below et von Einem se développait de Château-Thierry à Massiges, sur une ligne de cent vingt kilomètres; il s'ensuivait que les troupes d'assaut ne pourraient pas agir partout avec la densité voulue.

Pour vaincre, il eût fallu que les Allemands trouvassent devant eux des adversaires démoralisés, mal dirigés par des généraux imprévoyants. Bien au contraire, ils allaient se heurter à des hommes résolus, animés par la haine sacrée de l'envahisseur, pleins d'enthousiasme pour la défense d'une cause juste, soutenus par un courage indomptable que les plus cruels revers n'avaient pas abattu. Et ces héros étaient commandés par des généraux vigilants, au génie souple, à la science infaillible. L'intrépidité unie à l'intelligence devait avoir raison de l'opiniâtreté et de la brutalité allemandes.

Tandis qu'il lançait von Below et von Einem dans cette bataill[illegible] que les Allemands appelaient « Frieden Sturm », c'est-à-dire l'assaut pour la paix. Ludendorff croyait son flanc droit suffisamment gardé par l'armée von Boehn déployée entre Château-Thierry et Soissons. Il pensait n'avoir rien à craindre de ce côté. Cette confiance devait le perdre, car c'est précisément dans son flanc droit que le maréchal Foch allait lancer sa contre-attaque victorieuse, aux immenses conséquences.

La bataille qui s'engageait devait marquer dans les annales de la guerre une date non moins glorieuse que celle de la victoire de la Marne, après nos terribles épreuves du mois d'août 1914.

Les Parisiens, prévenus du déclenchement de l'offensive par le grondement de la canonnade et les lueurs qui embrasaient l'horizon, étaient tout frémissants et certains s'abandonnaient à la crainte. Ils ne savaient pas encore que ce tonnerre lointain et ces flamboiements étaient les signes précurseurs du déclin de la puissance allemande et de son prochain effondrement.

*

Sans arrêt, depuis des heures, un épouvantable cataclysme, qui tenait à la fois de l'ouragan, de la foudre, de l'éruption volcanique et du tremblement de terre, sévissait sur la campagne dévastée, embrasait l'atmosphère, faisait jaillir du sol d'immenses gerbes de poussière et de débris, éclairait de lueurs sinistres le ciel pur de l'été.

Assourdis par le tonnerre des canons, le fracas des obus et des torpilles qui explosaient autour d'eux, suffoqués par la fumée, les tourbillons de sable que roulaient sur eux des souffles ardents comme le sirocco, les hommes subissaient le bombardement dans un état de demi-torpeur.

Parfois pourtant l'un d'eux, Bernier ou Marjoleux, consultait sa montre et criait l'heure au milieu du vacarme.

— Quatre heures ! dit Bernier. S'ils sont exacts, nous n'avons plus qu'un quart d'heure à attendre.

Le ciel pâlissait à l'orient; sous la calme blancheur de l'aube, les jets de lumière des canons et les flammes des obus commençaient à se fondre dans la grisaille du paysage pour s'évanouir peu à peu comme des fantômes à l'approche du jour.

Maintenant que, l'heure venue, on sentait l'imminence de l'attaque, chacun secouait sa torpeur. Les tirailleurs aux créneaux, les mitrailleurs campés sur le siège de leurs pièces, les officiers à leur poste de commandement, tous, attentifs, guettaient le signal de la ruée.

Ces hommes, exaltés par la grandeur de leur mission, avaient conscience de garder la barrière derrière laquelle la France pouvait respirer librement et poursuivre son existence. En cet instant tragique et solennel, l'âme de la patrie vivait en eux, leur inspirait l'enthousiasme de vingt siècles d'héroïsme et de gloire, la confiance et l'audace de leurs aïeux de Bouvines, de Valmy, l'espoir des jeunes générations. Les sceptiques, les matérialistes au cœur froid diront que ce sont là des mots sans valeur : tant pis pour eux s'ils ne se sentent pas entraînés par cette force émanée de la multitude dont se compose la nation et à laquelle contribue l'amour de nos morts comme celui de nos descendants.

Il était quatre heures quinze exactement et les objets, à la surface du sol, étaient encore plongés dans une demi-obscurité qui les rendait indistincts, quand un rais flamboyant monta lentement dans l'espace entre les tranchées allemandes et la ligne discontinue des réduits français.

— Une fusée!... Les voici!... exclama le caporal Marjoleux.

Déjà l'orbe lumineux s'épanouissait en une gerbe d'étoiles. D'autres fusées jaillissaient çà et là; elles étaient lancées par les petits postes français avancés qui annonçaient aux troupes de l'arrière le déclenchement de l'attaque. Les Boches étaient sortis de leurs tranchées. La crécelle des mitrailleuses se mêlait au grondement de la canonnade.

Tandis que l'artillerie allemande allongeait peu à peu son tir, afin de précéder d'une nappe d'obus les vagues d'assaut de son infanterie qu'elle supposait victorieuse, la nôtre exécutait un formidable tir de barrage sur la ligne même de nos petits postes avancés, dont les défenseurs avaient accepté sans hésiter ce surcroît de péril.

L'attaque pourtant ne se produisait pas en tout lieu à l'heure prévue. En certains points, les troupes de choc allemandes avaient été tellement éprouvées par nos feux de contre-préparation, si gênées pour se rassembler et s'organiser, qu'elles s'ébranlèrent seulement une heure ou même deux heures après l'instant fixé. Il y en eut qui ne marchèrent pas avant six heures et demie.

Nos petits postes se défendaient opiniâtrement; écrasés par notre propre artillerie, submergés dès les premières minutes par le flot des assaillants, ils harcelaient de leurs feux leurs ennemis trop confiants; les hommes se faisaient tuer jusqu'au dernier plutôt que de se rendre.

Tels de ces groupes, qui restaient en communication avec l'arrière par la télégraphie optique ou les pigeons voyageurs, signalaient qu'ils tenaient encore, plusieurs heures après le début de l'offensive.

Les Allemands toutefois n'eurent pas, en abordant nos avant-postes, l'impression de la défaite. Au contraire, ne rencontrant, dans le demi-jour, que des groupes disséminés, ils crurent avoir affaire aux débris d'une armée de défense, mise en déroute par leur artillerie. On aurait vite raison de quelques mitrailleurs qui s'acharnaient à une résistance désespérée, on les réduirait malgré leur vaine bravoure et ce serait un sujet de gloire.

Des nouvelles de victoire étaient dépêchées à l'arrière par les officiers allemands, et le kaiser, dans la petite maison de Ludendorff, au Blanc mont, où il était descendu, exultait déjà, persuadé que la barrière suprême de la France allait s'effondrer sous la poussée furieuse de ses hordes.

Tandis que des éléments désignés pour cette tâche cernaient les nids de mitrailleuses et s'efforçaient de les détruire, la masse d'assaut principale continuait sa marche et se portait à l'attaque de la ligne des réduits, celle que nos ennemis prenaient pour une seconde position sans grande puissance et contre laquelle leur élan allait se briser complètement avant même de les avoir entraînés jusqu'à la véritable ligne de résistance.

Le fortin que la section de Marjoleux occupait, était un de ces ouvrages intermédiaires qui risquaient de partager le sort des nids de mitrailleuses des avant-postes.

Les bois de Nauroy étaient transformés en un charnier qui marquait l'arrêt de la ruée (p. 20).

Le caporal était aux créneaux avec Bernier et Tassemain. Ils étaient protégés par un épais réseau de fils de fer et encadrés par de petits blockhaus de mitrailleuses.

Devant eux, la crête des collines, piquée des lueurs brusques des obus français, se détachait sur le ciel, plus clair de minute en minute. Un immense ronflement faisait vibrer l'atmosphère; tout le terrain que les Allemands devaient traverser, cette zone que le général Gouraud avait pris soin de faire évacuer, était labouré sans relâche par notre artillerie.

— Ils arrivent! cria Marjoleux.

Au même instant, les mitrailleuses commencèrent à crépiter.

On distinguait sur la crête des formes grises qui se montraient brusquement, projetées en ombres chinoises sur l'écran pâle du ciel, puis disparaissaient, fondues dans la demi-obscurité des pentes. C'étaient les assaillants qui franchissaient le sommet de la colline.

Parmi les lueurs d'incendie et les tourbillons de fumée du barrage français, on voyait aussi çà et là des hommes tournoyer et s'abattre.

Les pertes que subirent les Allemands en traversant la zone mortelle, ménagée par un chef habile, furent énormes.

Ils arrivaient essoufflés, cruellement décimés, sur les réduits, dont les mitrailleuses, plus redoutables encore que les obus, les fauchaient par dizaines.

Les balles sifflaient à présent aux oreilles de Marjoleux et de ses camarades; des grenades commencèrent à grêler sur l'ouvrage.

Les assaillants, ayant reconnu le danger, n'essayaient pas de foncer directement sur le réduit. Leur vague s'était divisée et descendait en s'écartant à droite et à gauche, tandis que des tireurs d'élite et des grenadiers s'embusquaient à l'entour dans les trous d'obus, criblant le fortin de projectiles pour faire taire les mitrailleuses. Les officiers allemands ne jugeaient pas nécessaire de sacrifier des hommes pour emporter d'assaut cet obstacle dressé sur la route de leurs bataillons; il leur suffisait, croyaient-ils, de le marquer; ses défenseurs investis seraient tôt ou tard obligés de se rendre.

Mais comme pareille chose se répétait en cent lieux, d'un bout à l'autre du front d'attaque, le flot allemand se trouvait coupé en d'innombrables tronçons, dissocié, incapable désormais de fournir un grand effort. Les liaisons entre les diverses unités ennemies étaient rompues; les communications avec l'arrière devenaient presque impossibles; les soldats éprouvaient cette impression d'isolement, d'abandon qui précède la panique.

Les officiers, voyant leurs hommes hésiter, s'efforçaient de les entraîner en s'élançant à leur tête et tombaient, fauchés par la mitraille française. Alors les soldats, sentant le danger de toute part, perdant la foi en la victoire, terrifiés par le spectacle de l'hécatombe à laquelle leur kaiser les jetait derechef, n'osaient plus ni avancer, ni reculer; ils ne songeaient plus qu'à se terrer dans les trous.

Leurs généraux pouvaient s'enorgueillir d'avoir conquis une étroite bande de terrain, se faire gloire de la reprise des monts de Champagne, si longtemps disputés et considérés comme la barrière de la plaine de Châlons, ils savaient, à part eux, que leur effort demeurerait stérile, puisque l'armée française chargée de s'opposer à l'avance de leurs troupes gardait toute sa cohésion, sa force de résistance.

La ruée sur Châlons se transformait en une mince avance qui n'aurait pas de lendemain.

—*—

VI

Il y avait trois heures que l'ouvrage où se tenaient Marjoleux et ses camarades était cerné par les Allemands. La bataille grondait à l'est et à l'ouest. Aux quatre coins de l'horizon, les canons faisaient entendre leurs voix pareilles aux abois d'une meute monstrueuse. Il faisait grand jour à présent.

Les défenseurs du fortin, qui avaient tiré sans relâche sur leurs adversaires, voyaient leurs munitions s'épuiser, et beaucoup d'entre eux étaient blessés. Bernier, atteint par une grenade, agonisait, le visage couvert de sang, la poitrine ouverte. Marjoleux et Tassemain, pâles, les dents serrées, étreignaient avec rage leur fusil et se juraient de venger leur camarade.

Le lieutenant qui commandait la section attendit que les munitions fussent complètement épuisées. Alors, il rassembla ce qui lui restait d'hommes valides :

— Camarades, dit-il, nous avons rempli notre mission. Puisque nous n'avons plus de cartouches pour nous défendre, nous allons tâcher de nous frayer un passage à la baïonnette à travers les rangs de l'ennemi et de rejoindre les nôtres.

Les hommes sortirent du réduit, les mitrailleurs emportant leurs pièces. Ils s'élancèrent, baïonnette basse, dévalèrent la pente dans la direction de la voie romaine sur laquelle notre principale ligne de résistance était établie.

Un essaim de balles bourdonnait autour d'eux, plusieurs tombèrent encore. Pourtant les tirailleurs allemands étaient gênés par la crainte de se blesser les uns les autres.

Dans leur retraite, nos hommes se heurtèrent à un petit groupe de Boches retranchés dans un trou d'obus. Marjoleux, qui courait sans prendre le temps de regarder autour de lui, se trouva soudain face à face avec un grand gaillard en capote grise, casqué jusqu'aux épaules, qui le mettait en joue avec son fusil.

Il était trop loin pour détourner l'arme de son adversaire, trop lancé dans sa course pour se jeter de côté ou s'aplatir sur le sol. Il se jugea perdu, et des images confuses, des souvenirs du temps de paix tourbillonnèrent dans son cerveau.

Le coup partit, la balle siffla; Marjoleux arrivait au bord du trou... et il était sauvé pour cette fois, car son camarade Tassemain avait, du travers de sa baïonnette, abaissé le fusil du Boche.

Marjoleux lança un coup de pointe à celui qui avait failli le tuer et qui se rejeta en arrière en hurlant de rage et d'épouvante.

Il y avait cinq Allemands dans le trou. Se voyant entourés et menacés par les baïonnettes de leurs adversaires, ils se hâtèrent de jeter leurs armes, de lever les bras en criant : « Camarades! »

— Allons, ouste! marchez! leur commanda rudement le caporal.

Et la petite troupe poursuivit sa retraite en chassant devant elle ses prisonniers.

Des épisodes semblables illustrèrent la défense des Français sur tout le front de l'armée Gouraud.

Une demi-section, cernée dès quatre heures et demie du matin, lançait à six heures et demie un pigeon voyageur pour annoncer qu'elle tenait encore. Un groupe résista jusqu'à dix heures. Un autre fit vingt-sept prisonniers. La garnison du mont Sans-Nom se défendit jusqu'à six heures du soir, en restant constamment en communication avec l'arrière par téléphone sans fil. Quand elle eut épuisé toutes ses munitions et reçu du haut commandement l'autorisation de battre en retraite, elle se replia en se frayant un passage à la baïonnette et en ramenant quatorze prisonniers.

L'ennemi, déconcerté par cette résistance imprévue, s'épuisait en attaques infructueuses; il revenait jusqu'à huit et dix fois à l'assaut d'une même position sans réussir à l'emporter.

Cependant la présomption de l'état-major allemand, qui avait prévu minutieusement toutes les phases de l'attaque en tablant sur le succès, contribuait à la défaite de nos adversaires.

Tandis que les bataillons d'assaut piétinaient devant la ligne des réduits, toute l'armée allemande derrière eux exécutait les mouvements prescrits dans l'hypothèse d'une avance victorieuse. Les tirs de barrage s'en allaient frapper très loin dans le vide et épargnaient les défenseurs du rempart contre lequel les assaillants s'acharnaient en vain. Les troupes de soutien s'ébranlaient à l'heure fixée, avec leurs convois et leurs batteries, persuadées qu'elles pourraient traverser sans encombre un terrain déblayé par les vagues qui les avaient précédées.

Quelle cible pour nos artilleurs, qui tiraient à vue dans le tas, broyant les hommes, les chevaux, les voitures! Dans la région des monts, nos canons faisaient un grand carnage de Boches. Quand ceux-ci passaient les crêtes dénudées par d'incessants bombardements, les observateurs d'artillerie les signalaient à leurs batteries, qui les fauchaient au fur et à mesure.

Trompés par la facilité avec laquelle ils avaient franchi notre ancienne première ligne, les Allemands agissaient comme s'ils avaient eu devant eux un adversaire en déroute. C'est ainsi qu'ils eurent l'audace de former une section de parc dans la région des monts. Aussitôt signalée, elle fut prise sous nos feux et détruite. On captura sur la butte de Tahure le commandant d'une section de tanks, au moment où il venait de rédiger ce message :

« Butte de Tahure, 15/7, 5 heures.

« Les cinq tanks ont tous franchi la première ligne ennemie et continuent à avancer vers le Wardberg, où l'ennemi possède de nombreux nids de mitrailleuses. Je me rends à Somme-Suippes pour continuer la poursuite de l'ennemi et je reviens ensuite. »

Sur tout le front de l'armée Gouraud, où l'ennemi avait engagé environ vingt-cinq divisions, l'échec fut complet et par endroits désastreux. Aucun des objectifs du commandement allemand ne fut atteint. Au nord d'Auberive, les troupes de choc furent tellement éprouvées par notre contre-préparation d'artillerie, qu'elles ne purent déboucher de leurs lignes. Une division bavaroise qui devait être à Mourmelon le 15 à quatre heures du soir progressa de huit cents mètres à peine, au prix des plus grands sacrifices, et demeura contenue à douze kilomètres de la ville.

C'est d'ailleurs dans leurs tentatives pour percer en direction de Mourmelon que les Allemands subirent l'un des plus sanglants échecs de la journée.

Leurs bataillons d'assaut essayèrent à sept reprises d'enfoncer nos lignes entre la ferme des Marquises et la côte 208, au sud de Nauroy. Nos canons et nos mitrailleuses infligeaient aux assaillants des pertes terribles. Le commandement ennemi s'acharnait pourtant, il usa trois divisions dans ces vaines attaques.

Les cadavres allemands s'entassaient par centaines devant la ferme des Marquises. Les bois de Nauroy étaient transformés en un charnier qui marquait l'arrêt de la ruée.

Dans son ordre du jour du 7 juillet, le général Gouraud avait recommandé à ses soldats de tuer beaucoup d'ennemis. Il avait été entendu et obéi. Pour nombre de compagnies allemandes, les pertes, le soir du 15, s'élevaient à 60 0/0 de l'effectif; certaines furent complètement détruites, en particulier dans la région de Perthes et celle d'Aubérive.

Le 15 juillet, à 7 heures du matin, l'ennemi, déjà très éprouvé, pouvait encore garder l'espoir de la victoire; dès midi, son offensive était définitivement brisée. Ses opérations du 16 ne furent que des soubresauts.

Le plan du grand état-major allemand prévoyait pour le second jour, c'est-à-dire le 16, la prise de Reims, Epernay et Châlons. Des instructions précises étaient données pour l'occupation des villes et des villages, l'utilisation des ressources locales, le rassemblement du butin.

Et le 16, au lieu des dizaines de kilomètres qu'elle aurait dû avoir franchi pour réaliser le rêve du kaiser, l'armée de l'envahisseur avait gagné péniblement çà et là une petite lieue en ligne droite; en certains points, elle était encore contenue au sortir même de ses tranchées; en d'autres, nos contre-attaques incessantes lui arrachaient les maigres lambeaux de notre territoire qu'elle avait conquis en les payant du meilleur de son sang.

Aussi, le soir de ce jour glorieux pour nos armes, le général Gouraud pouvait-il adresser à ses soldats cette proclamation qui est un beau cri de victoire :

« Dans la journée du 15 juillet, vous avez brisé l'effort de quinze divisions allemandes, appuyées par dix autres.

« Elles devaient, d'après leurs ordres, atteindre la Marne dans la soirée; vous les avez arrêtées net là où nous avons voulu livrer et gagner la bataille.

« Vous avez le droit d'être fiers, héroïques fantassins et mitrailleurs des avant-postes, qui avez signalé l'attaque; aviateurs qui l'avez survolée; bataillons et batteries qui l'avez rompue; états-majors qui avez si minutieusement préparé ce champ de bataille.

« C'est un coup dur pour l'ennemi. C'est une belle journée pour la France.

« Je compte sur vous pour qu'il en soit toujours de même chaque fois qu'il osera vous attaquer, et, de tout mon cœur de soldat, je vous remercie. »

VII

Le soir du 17 juillet, l'armée Gouraud, ayant supporté sans faiblir les attaques de l'armée von Einem, restait alignée selon la direction générale de la voie romaine.

Cependant, entre Reims et la Marne, la poussée de l'ancienne armée von Below, devenue l'armée von Mudra, était contenue par les troupes du général Berthelot, renforcées de contingents italiens, et, au sud de la Marne, l'armée de Mitry, formée pour la circonstance, couvrait, avec l'appui des régiments américains de Château-Thierry, les routes d'Epernay, menacées par l'aile gauche de von Bœhn.

Entre Reims et le nord de la forêt de Villers-Cotterets, dite aussi forêt de Retz, le front allemand, partagé entre les armées von Mudra et von Bœhn, formait une poche profonde dont le flanc occidental demeurait à peu près passif, tout l'effort de l'ennemi s'exerçant au sud et à l'est vers les passages de la Marne.

Or, une menace terrible était suspendue sur l'armée allemande; menace dont Ludendorff avait peut-être le pressentiment, mais dont il ne soupçonnait assurément pas la gravité.

Tandis que les premiers communiqués allemands de la bataille s'efforçaient de dissimuler la déception des chefs et le désespoir des soldats sous de faux accents de victoire, tandis que deux ou trois berthas, et non trente, comme le bruit en avait couru, déversaient sur Paris leurs obus stupides et prétendaient sonner le glas de la France, les armées Mangin et Degoutte achevaient de s'organiser pour l'attaque sous le couvert de la forêt de Villers-Cotterets.

L'ordre de la contre-offensive fut lancé dans la nuit du 17 au 18.

Nos préparatifs suprêmes furent favorisés par le temps. Un violent orage, accompagné d'une pluie torrentielle, masquait nos mouvements, l'arrivée des convois et des derniers renforts, le rassemblement des troupes d'assaut dans les parallèles de départ, l'approche des tanks. Les Allemands se terraient dans leurs abris; ils ne croyaient pas l'armée française encore en état de marcher à l'attaque. Qu'avaient-ils à craindre d'un adversaire démoralisé? Pourquoi se seraient-ils donné la peine de le surveiller?

Les porte-drapeaux s'étaient alignés en avant des troupes et présentaient fièrement leurs emblèmes aux couleurs écarlates (p. 23).

Le 18, au lever du jour, la tempête avait cessé, le calme régnait sur la nature. Il était 4 heures 35, quand nos chars d'assaut, suivis des vagues de notre infanterie, se déployèrent subitement aux lisières de la forêt de Retz. En même temps notre artillerie déclenchait un formidable barrage. Les Allemands, déconcertés, cédaient au premier choc, la panique s'emparait d'eux : leur « Frieden Sturm » allait se transformer en une irrémédiable défaite dont les conséquences devaient se développer rapidement jusqu'au terme de la guerre.

Cette manœuvre superbe avait été rendue possible par la résistance de l'armée Gouraud. Si cette dernière avait faibli, le plan du maréchal Foch n'aurait pu être exécuté; aussi la plus belle part d'honneur lui revient-elle légitimement dans la victoire.

Le 15 août, juste un mois après le déclenchement de la dernière offensive allemande dont les espoirs s'étaient si piteusement évanouis, le caporal Marjoleux se tenait raide et fier sous les armes, frémissant d'enthousiasme et le cœur battant, parmi la délégation de vingt-quatre hommes que son régiment avait envoyée à la revue des drapeaux de l'armée Gouraud.

Il avait assisté à bien des revues, jamais il n'avait été aussi ému, car jamais il n'avait compris avec une telle clarté le sens profond de cette glorieuse parade militaire.

Il ne s'agissait pas ici d'un vain spectacle, composé pour amuser le regard. La cérémonie au cours de laquelle le général Gouraud devait distribuer croix, médailles et fourragères aux braves qui avaient été jugés le plus dignes de cet honneur était le remerciement solennel de la patrie à ses enfants. Et non seulement elle glorifiait les vivants, mais aussi les morts, ceux qui s'étaient sacrifiés jusqu'au bout et dont l'âme semblait flotter encore dans les plis des étendards.

Marjoleux pensait à son camarade Bernier, tué à côté de lui par une grenade, et la douleur que lui causait cette évocation crispait sa bouche.

Il regardait. Les porte-drapeaux s'étaient alignés en avant des troupes et présentaient fièrement leurs emblèmes aux couleurs éclatantes sous l'ardent soleil d'août.

A côté des étendards français, il y en avait trois américains et le drapeau écarlate de la légion polonaise.

Les clairons sonnant aux champs saluèrent l'arrivée du général Gouraud, svelte dans son uniforme khaki. Puis une fanfare joua la *Marseillaise*.

Le général Gouraud, en passant sur le front des sections assemblées, promenait sur ses soldats le regard de ses yeux clairs, et on le devinait ému lui aussi. Les feuilles de chêne d'or sur son képi garance luisaient comme une gloire autour de son front.

Quand les porte-drapeaux se furent rangés devant lui, il décora de sa main les étendards des régiments qui s'étaient le plus distingués.

La foule qui assistait à la cérémonie applaudissait et criait d'enthousiasme.

Et Marjoleux se sentit plus fier que jamais de faire partie de cette armée.

Le général avait convié à déjeuner la glorieuse phalange qu'il venait de passer en revue. Le banquet eut lieu sous un immense hall; les tables des délégations d'un côté, celles des officiers de l'autre, réunissant au total deux mille trois cents couverts. On avait rangé les drapeaux derrière la table du commandant de l'armée.

Au dessert, le général Gouraud prononça une allocution. Sa péroraison prophétique était, dans la bouche d'un tel homme, non de la divination, mais la juste appréciation de circonstances et d'événements dont sa science infaillible distinguait l'enchaînement.

« Mes camarades, mes amis, dit-il, en fêtant votre victorieuse défense d'hier, buvons à la victorieuse offensive de demain, celle qui nous donnera la Victoire, celle qui s'écrit par un V majuscule, la grande, la dernière, qui, dans l'effondrement de notre ennemi, donnera à tous les peuples libres de l'Entente la paix, la paix glorieuse, la paix heureuse, la paix durable que nous aurons bien gagnée. »

Les assistants, exaltés, applaudissaient frénétiquement. Ce fut bien autre chose encore quand le plus ancien commandant de corps d'armée eut donné lecture de la citation du général Gouraud.

« Le général commandant en chef cite à l'ordre de l'armée :

« Le général de division Gouraud, Henri-Joseph-Eugène, commandant une armée :

« Officier général de haute valeur morale, qui vient d'ajouter une nouvelle page de gloire à une carrière déjà magnifiquement remplie.

« Entraîneur d'hommes de premier ordre, aimé du soldat parce qu'il l'aime lui-même; a brisé l'attaque allemande du 15 juillet 1918, de Reims à l'Argonne, en communiquant à ses troupes la confiance et la flamme qui l'animent, en portant au suprême degré, chez tous les chefs servant sous ses ordres, l'esprit de discipline, de dévouement et d'ardent patriotisme dont il est une des plus brillantes incarnations.

« Au Grand Quartier Général, le 13 août 1918.

« *Le général commandant en chef,*
Signé : PÉTAIN. »

Les vivats se mêlèrent aux applaudissements; le hall entier tremblait comme secoué par une formidable tempête. Quelqu'un réussit à imposer le silence en réclamant un ban, que quatre mille mains rythmèrent sans une faute de cadence.

Puis, profitant d'une nouvelle pause, le général Gouraud déclara d'une voix vibrante qui portait au coin le plus éloigné de l'immense salle :

— Mes amis, cette citation me fait plaisir surtout parce qu'elle proclame que mes soldats m'aiment comme je les aime.

FIN

Paris. — Imp. d'Editions, 9, r. Edouard-Jacques.

COLLECTION "PATRIE"

40 cent. L'OUVRAGE COMPLET ILLUSTRÉ 40 cent.

EXTRAIT DU CATALOGUE

51. La Caverne du dragon.
52. Souvenirs d'une infirmière.
53. La Voie sacrée.
54. La Bataille de l'Yser.
55. Satanas, roi des canons.
56. Le Roman d'un Sénégalais.
57. Le Chemin-des-Dames.
58. Le Forceur de blocus.
59. Mon évasion.
60. La Saucisse infernale.
61. La Victoire de la Malmaison.
62. Le Carnet d'un reporter.
63. Un coup de main au nord de Soissons.
64. Un Parisien à Salonique.
65. La Côte 304 reconquise.
66. Les Chevaliers de l'espace.
67. La Défaite du Kronprinz en Argonne.
68. Souvenirs d'un vaguemestre.
69. Le crime du « Lusitania ».
70. Avec une batterie de 75.
71. L'Epopée de Moronvilliers.
72. La Retraite héroïque.
73. La Moisson sous les obus.
74. A l'assaut du mont-Tomba.
75. L'Ataque du pont de Chooz.
76. Une Campagne en hydravion.
77. Paris menacé, Paris sauvé.
78. L'Usine en feu.
79. Les Victoires du grand et du petit Morin.
80. Episodes de la vie d'un 400.
81. La Victoire de la Marne.
82. Paris sous les gothas.
83. L'Odyssée d'un sous-marin anglais.
84. La Tranchée de Calonne
85. A la rescousse.
86. La Barrière des Vosges.
87. L'Aventure de Mike Murphy, de Boston.
88. Le Four de Paris.
89. La Défense du Pas-de-Calais.
90. Hisoire d'un 75.
91. La Belle défense du châeau de Grivesnes.
92. Maîtres du ciel.
93. Yanks et Poilus.
94. Les Brancardiers du Bois Le Prêtre.
95. Paris bombardé par les « berthas ».
96. Le Coup d'arrêt.
97. La Victoire de la Piave.
98. Mémoires d'un camoufleur.
99. Ceux de Vauquois.
100. L'Embouteillage de Zeebrugge.
101. Les Pontonniers sur la Marne.
102. Au Mont-Kemmel : La colline héroïque.

154 Ouvrages parus — Envoi franco du Catalogue complet

EN VENTE PARTOUT

F. ROUFF, Éditeur, 8, Bd de Vaugirard, Paris-15e

IMP. E. LAFFRAY ... RUE D'ALENÇON PARIS

www.ingramcontent.com/pod-product-compliance
Ingram Content Group UK Ltd.
Pitfield, Milton Keynes, MK11 3LW, UK
UKHW021037220726
13924UKWH00001B/372

9 782019 927790